KB202162

황금물고기를 보았네

황금물고기를 보았네

박준수 시집

문학들

시인의 말

스무 살 무렵부터 시의 길을 찾아 여기에 왔다
서툰 눈으로 길을 잃고 불면의 밤을 헤매었다
펜 하나에 의지해
시린 날들을 시의 온기로 버텨냈다
때로는 참회의 눈물로
때로는 벅찬 가슴으로 시를 썼다

어느덧 인생의 가을이다
떫은 감感,
언젠가 고운 단풍으로 물들 날 오리라.

2025년 4월,

박준수

차례

제2부 봄날 연가

제3부 여름날의 추억

제4부 가을 간이역

제5부 겨울강에서

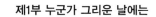

제1부 누군가 그리운 날에는

새해 다짐

묵은해와 새해의 갈피 사이 폭설이 내린다
눈밭에 남겨진 승냥이 발자국을 보면서
눈에 허리가 꺾여 부러진 나무들처럼
외로운 목울음의 메아리에 귀를 댄다
지나온 삶의 흔적들은 누구에게나 쓸쓸한 것
암호처럼 해독되지 않는 문장에 걸려서
호롱불 아래 흔들리는 생각을 붙잡느라
나는 쉬이 잠들지 못하고
이 밤을 바람처럼 유랑한다
그리고 밤새
꾹꾹 눌러 참은 눈물은 고드름이 되어
계절의 처마 끝에 매달려 있다
새봄이 오면 푸른 보리밭 사이
사라진 승냥이 발자국을 따라
산 너머 멀어져 간 울음소리를 쓸어 담으며
나의 히말라야 산맥을 넘으련다
그리하여, 또 생生의 한 페이지를 시작하련다.

왓 체디 루엉 사원의 새

새들의 고향을 아시는지요
저는 오랜 여행 끝에 고대 왕국
어느 사원에서 새들의 고향을 보았어요
왓 체디 루엉 사원!*
황금색 벽돌로 지어진 높은 탑
달빛 아래 눈부시게 찬란한 모습
한눈에 성스러운 곳임을 알았어요
불감佛龕에 계신 부처님이 온화한 눈빛으로 나를 바라
보았어요
하지만 부처님에게 올라갈 수 없었어요
두 마리의 코브라가 계단 입구를 지키며 혀를 날름거리
고 있었어요
높은 곳에서는 흰 코끼리가 용맹스러운 기세로 허공을
바라보고 있었어요
나는 차마 다가가지 못하고 탑 주위를 맴돌았어요
어디선가 새들이 날아들기 시작했어요
한 마리, 두 마리… 수십 마리가 떼 지어
벽돌 사이 작은 구멍에 앙증스러운 몸을 숨겼어요

커다란 보리수나무 위에서 탑을 향해 날아갈 때
그들은 일제히 신비한 노래를 불렀어요
그 소리가 너무 아름다워 그 자리에 멈춰서서
한동안 황홀한 광경을 바라보고 있었어요
그들은 부처님의 불법을 전하고 돌아온 고승이었을까요
밤새 이어지는 장엄한 행렬에 정말로 내가 고대 왕국에
온 듯했어요.

* 왓 체디 루엉 사원 : 태국 치앙마이에서 가장 유명한 사원 중 하나로, 15세기에
  건립되었다.

디지털 노마드

30여 년 종이신문 노동자로 살아온 내가 디지털 노마드*가 되었다

나의 양 떼들이 기다리는 푸른 초원은 어디메뇨

키오스크가 눈웃음치며 반겨주는

동네 인근 할리스, 아니면 읍내 별다방

가난한 호주머니 사정을 생각해 컴포우즈로 갈까

오늘은 집에서 가까운 할리스 커피숍에 머물기로 한다

뜨거운 아메리카노 커피를 주문해서 앉을 만한 자리를 살펴보다

저만치 가을 햇살이 내려앉는 창가로 간다

나는 커피 한 모금을 마시고, 일용할 양식을 찾아 나선다

노트북을 켜고 디지털 활자를 줍기 시작한다

사이버 세상은 시시각각 뉴스로 홍수를 이룬다

진짜와 가짜가 구별하기 힘든 경계선에서

오늘도 외로운 양치기가 되어 피리를 분다.

* 디지털 노마드 : 디지털 기술을 이용해 유목민처럼 이동하며 일하는 사람.

실려 가는 나무

나무 한 그루가 어딘가로 트럭에 실려 간다
아직 떼어내지 않은 표찰標札에는 그의 이력이 적혀 있다
가지 끝에는 무성하게 자란 잎들이 월계관처럼 반짝인다
붕대로 감싼 뿌리는 먼 길을 가는 줄도 모르고
암연 속에서 묵상하듯 웅크리고 있다
지하 깊숙한 수맥을 더듬느라 여러 갈래로 뻗은 잔뿌리들,
자갈과 흙 사이에 흐르는 물을 길어
하늘 높이 퍼 올리던 억센 팔뚝에는 힘줄이 전선 가닥
처럼
매듭져 있다
그가 떠난 후 이장한 무덤처럼 황량한 빈 구덩이에
바람이 떨어진 나뭇잎들을 모아 흙의 속살을 덮어준다
작별 인사도 하지 못하고 돌아선 그 자리에
매일 아침 말벗이 되어주던 새들은 어디로 날아갔을까
하루 노동을 마치고 가지 끝에 걸터앉아 휴식을 취하던
노을은
이제 빈 들판을 붉게 물들일 것이다
수직의 중력을 잃고 수평으로 누워 있는 나무는

밤이면 발아래 화폭에 자화상을 그려주던 그 달빛을
옛날처럼 기억할 수 있을까.

이사 전야前夜

이사하는 게 그냥 몸과 짐만 옮겨 가는 게 아니구나
낡은 가구와 덜컹거리는 세탁기와
읽다 만 시집 몇 권쯤 챙기면 그만인 줄 알았더니,
퀴퀴한 옷장에 갇힌 구멍 난 스웨터와 곰팡이 핀 잠바
그리고 빨랫줄에 널어둔 양말 몇 켤레
주섬주섬 담으면 그만인 줄 알았는데,
아내가 고이 모셔둔 춘란 화분 몇 개 품에 안고
관리사무소에 관리비 정산하고, 가스 밸브 잘 잠그고
나가면
그뿐일 줄 알았는데
자꾸자꾸 켕기는 게 있다, 생각나는 게 있다
새벽 잠결에 들려오는 닭 울음 소리와
하루 서른아홉 차례 지나가는 기차 소리와
철마다 바뀌는 무등산의 그림 같은 풍경과
구름 사이로 옅은 미소를 보내는 보름달의 순정을
어떻게 챙겨서 가져가야 할지
이 밤 좀처럼 잠이 오지 않는다.

혓바늘

어느 날 돋아난 혓바늘이 따끔따끔 아프다
원인도 모른 채 약도 소용없다
장미 가시에 찔린 듯
겉으로 드러나지 않는 고통
맛을 느낄 수도 없고
쉽사리 말을 꺼낼 수도 없어
속으로만 끙끙 앓다가 애를 태운다
가끔은 남몰래 눈물도 흘린다
혀는 환자처럼 입안에 외롭게 누워 있다
그녀에게 차마 전하지 못한 말
입안에 붉게 핀 장미꽃 한 송이
그러다 슬그머니 사라지는 저녁놀 같은
아득한 첫사랑의 기억…

누군가 그리운 날에는

누군가 그리운 날에는
도서관에 책을 빌리러 캠퍼스에 간다
그리움은 왜 빌릴 수 없는 것일까
아니, 왜 정해진 자리에 다소곳이
머물러 있지 않는 것인가
누구나 자신의 책꽂이에
자신의 이야기를 남긴다
오늘 캠퍼스 도서관에 갔다
캠퍼스 잔디는 노랗게 메말라 있고
청춘은 여전히 푸른 꿈을 꾼다
고뇌와 방황과 나란히 걸었던
나의 푸른 길은 사라지고 없다
더 이상 외로운 양치기는 피리를 불지 않는다
아마도 돌아올 양 떼가 없기 때문일 것이다
나는 도서관 서가에 꽂힌
나의 시집을 읽는다
젊은 날 나의 발자국이 남겨진
시간은 흘러갔지만,

갈피 사이에 잃어버린 시간들이 잠들어 있다
그리운 이름들이 박혀 있다.

늦깎이 외로움

왜 태연하게 웃고만 있었을까
안개 속으로,
나를 밀어 넣는 그를 향해
슬픔을 망각해버린 허수아비처럼
두 팔 벌려 비를 맞고 있을 때
계절은 야윈 느티나무와 작별하고
기적 소리 아득히 저무는 들판
간이역 철길 위에 개찰 되지 않은 차표를 떨구고
어둑한 수풀 가의 겹눈 벌레처럼
속울음 한번 제대로 울어 보지 못한 채
무심한 내 마음 매만지고 있었을까…

사냥 나간 아내를 기다리며

사냥 나간 아내를 기다리며
나는 커피포트에 물을 끓인다
뭉게뭉게 김이 피어오를 때쯤
강가에서 노루를 잡은 아내는
갈꽃을 흔들어 신호를 보냈다
그리고 내장을 꺼내 강물에 씻었다
나는 핏빛으로 물든 강물을 응시하다가
시 한 줄을 생각해 냈다
언덕 미루나무 가지 사이로 돋은 초승달이
죽은 노루의 눈동자처럼 허옇게
강물 위를 떠다니고 있었다
나는 초승달을 바라보며
늦은 귀갓길의 아내가 무사하기를 신에게 기도했다
꿈속에서 커피포트의 물 끓는 소리가 들리고
아내가 끌고 온 노루 고기를 삶는다
아메리카노 커피향이 스멀스멀 굴뚝 연기처럼 번지고
나는 하루의 일용할 양식을 만들었다.

딸이 돌아왔다

딸이 돌아왔다
서울에서 10년간 살다가
꽃 화분 하나 들고 돌아왔다
도무지 말수가 없던 소소한 정원에
봄비가 촉촉이 내려
나는 창문을 열어두었다
가끔씩 기차가 풍금 소리를 내며 지나갔다
딸은 그 기차를 보기 위해
슈트케이스를 들고 간이역으로 가곤 했다
집에 돌아와서 슈트케이스에서
깜찍한 표정을 하고 있는
털이 희고 고운 토끼를 꺼내 놓았다
딸은 어릴 적에도 상상놀이를 좋아했다
학교도 다니지 않은 나이에 학교에 가고
스케치북을 사달라고 조르기도 하고
책가방을 메고 잠들곤 했다
지금은 학교도 다니지 않고 스케치북에 그림도 그리지
않는다

대신에 꽃 화분을 들고 온다
그래서 적막강산이던 집안에는
늘 꽃향기가 흐른다.

거울

어느 날 거울 속에 아버지가 보였다
깜짝 놀라서 자세히 보니 내 모습이었다
절대 아버지를 닮지 않겠다고 다짐하곤 했는데
어느새 아버지의 초상肖像이 되어 있었다
적적한 마음에 노래를 불렀는데
어디선가 익숙한 음성이 들려왔다
나도 모르게 아버지의 구성진 가락을 따라 부르고 있었다
식탁에서 내 젓가락이 자주 가는 반찬들은
생전에 아버지가 즐겨 하시던 것들이다
오늘도 거울을 들여다보면 아버지를 만난다
아버지의 빈 자리에 내가 서 있다는 것을
거울은 말없이 비춰주고 있다.

젊은 날을 퇴고하며

아주 오래전 소년 시절을 회상하면,
겨울 홑겹 야윈 햇살에 처마 끝에 매달린 고드름이
보석처럼 반짝이듯
한 자루 녹슨 펜으로 나의 영혼을 투명하게 깎아 보고
싶었다
골방에 숨겨둔 도색 잡지를 훔쳐보듯
남몰래 충장로 서점을 드나들며
외국 번역 시집을 사 모으는 게 취미가 되었다
키이츠, 셸리, 바이런, 워즈워드, 릴케 등등
그 시집들은 늘 우울했던 나에게 친구가 되어주었다
천국, 태양, 바다, 대리석, 천사, 여인, 별자리…
이국적인 이미지와 환상적인 묘사는
그동안 내가 경험하지 못한 경이로운 세상을 보여주었다
그리고 나는 비현실적이며 안개 속을 걷는 것처럼
몽롱한 의식 세계로 빨려 들었다
그것은 경제학도였던 나에게
이브를 유혹한 선악과와 같은 것이었다.

추억앓이

바람처럼 어깨 스치고 간 한세월 돌아보니
금당산 아래 먼지 낀 고샅길이 희뿌옇다
아내와 세 아이들과 부대끼며 살아온 낡은 아파트
아이들 방은 어느새 빈 둥지로 남아
잔 깃털이 허물처럼 부스스 허공을 떠돈다
빛바랜 벽지에는 고사리손으로 쓴 상형문자
손때 묻은 참고서에는 깨알 같은 메모들이
알타미라 동굴 속 벽화처럼 까마득히
머-언 기억으로 박혀 있다
나와 아내가 애증을 피워 내던 공간도
이제 머잖아 석별의 순간이 밀려들어
마음속 사진첩에 흑백사진 한 장 간직되리라
육십 인생 여행길 잠시 멈췄던 간이역처럼
차창 밖으로 손 흔들며 한참을 가슴앓이하리라.

마라도에서

바람이 흘려보낸 낙엽 한 잎
그리움 한 조각 가슴에 품고 이쯤에 닿았을까
화산이 불꽃을 일으켜 여기에 남겨둔 뜨거운 비밀 하나
수백만 년 굽이치는 해원海原에 번지를 두고
그대를 기다려 왔으니
달빛 아득히 갯머위꽃을 피우며
파도에 쓸리는 노을 바라보며
유랑하는 갈매기에게 그대 안부를 묻네
등대 먼 길 비추이며 귀 기울이건만
쓸쓸함도 내려앉으면 고요한 수평선
빈 바람 소리에 젖은 풀잎 이울어지고
애타는 심정 산방산에 메아리치네.

깃털

우리는 깃털인가
누군가의 몸에서 부스러기로 나와
세상을 유랑하는 깃털인가
한때는 혁명을 부르짖는 깃발이었다가
설산雪山을 넘나드는 날개였다가
나이 들수록 세상이 흐릿해 보이고
몸이 가벼워지는 것은,
실오라기 바람 한 줄기에도
빗살무늬 욕망이 흔들거리는 것은
깃털인 까닭인가
자운영꽃 흐드러지게 핀
봄날
한 마리 나비처럼
천국으로 가는 길을 찾아가는
우리는 깃털인가
아차, 나는 깃털인가.

제2부 봄날 연가

3월의 빗소리

똑, 똑
늦잠을 자고 있는 나를 누군가 깨우고 있네요
봄이 왔노라고
이제 그만 일어나 창밖을 보라고
페르세포네* 그녀가 나를 부르는 소리, 봄비가
고양이처럼 살금살금 다가와
나의 몽롱한 의식을 핥고 있네요
추적추적 내리는 봄비는
겨울의 묵은 더께를 씻겨 내느라
때론 굵게 때론 부드럽게 이곳저곳을 어루만지다가
툭툭 대지에 노래 한 소절이 되어 꽂힙니다
무심한 표정으로 칼바람에 마주했던
대지에 다시 생명의 시간이 흘러듭니다
강가 물푸레나무가 그리운 기억을 피워 올립니다
명부의 겨울을 도망쳐 온 기차가 기운차게 하데스*를
무너뜨리고 달려옵니다
철도원이 푸른 깃발을 흔들며 수신호를 보냅니다
3월은 그렇게 우리에게 달려오고 있습니다

이제 기차에서 내려 봄꽃들을 맞으러 가야 할 차례입니
다.

* 페르세포네 : 봄처녀. 봄과 씨앗의 여신
* 하데스 : 명부의 신. 페르세포네를 납치해감

제주 다랑쉬오름*

아기 때 본 엄마의 얼굴이 이랬을까
처음 보았는데 반가운 얼굴
가다가 되돌아보고
자꾸 뒤돌아보다가
다시금 그 자리에 돌아와
우물 속을 들여다보는
아이의 얼굴처럼
해맑은 바람 소리가 파문 짓는 물 없는 호수
내 마음 한가운데 그리움 움푹진
엄마의 얼굴
보름달을 닮은 듯
밥그릇을 닮은 듯
봄이 오면 밥그릇에 푸른 밥알 가득 담아
엄마 손 잡고 소풍 가고 싶은 그곳.

* 제주도에 산재한 기생화산

벼랑 끝에 핀 꽃이 아름답다

어제의 어리석음을 무너뜨리지 못한다면
헛된 신기루 성의 포로가 되고 말 것이다
파도가 부쉬져야
다시 용솟음을 치듯이
하루해가 녹아내려 노을이 되듯이
부서져야 새날이 열린다
길이 끊겨 더 이상 갈 수 없는 막다른 곳에
신은, 지혜의 꽃을 숨겨 놓는다
신이 나에게 '벼랑 끝으로 가라'고 명한다면
나는 감히 두려워하지 않을 것이다
오늘 하루 진정한 깨달음이 없으면
오늘 하루를 잃은 것과 같다
벼랑 끝에 핀 꽃이 아름답다.

하구둑에서

스무 살 강물이 되어
하구둑에서 첫사랑 바다를 만났다
푸른 해원에 갈매기들이 목련꽃처럼
바람에 흩날렸다
하얀 블라우스를 입고 있던 그녀의 어깨 위에
꽃잎이 나비처럼 내려앉았다
나는 그 광경에 눈이 부셔
'고래를 본 적이 있느냐'고 물었다
그녀는 대답 대신 헤르만 헤세의 시를 읽어주었다
나는 눈을 감고 그녀의 목소리에 귀를 기울였다
그러자 그녀는 귓속말로 속삭였다
'나에게 등대가 되어주세요'라고
그리고 하얀 꽃잎을 따라 철썩철썩 멀어져 갔다
나는 그녀를 붙잡으려 했으나 거품만이 맴돌았다
그 후로 나는 꿈속에서 등대지기가 되어
수평선 너머 첫사랑의 발자국을
애먼 눈빛으로 그렁그렁 바라보는 것이다.

뽕뽕다리*

뽕뽕다리에 바람이 분다
발산 언덕에 복숭아꽃 피고,
노오란 장다리꽃 춤을 춘다
순이야,
너는 오늘도 학교 대신
방직공장 가는 길이냐
교복 대신 하늘색 블라우스를 입고
유난히 하얀 얼굴로 무등산 햇살 바라보며
다리를 건너서, 청춘을 건너서
희고 보드라운 솜털 같은 풋사랑을 가슴에 품고
왼종일 윙윙거리는 방적기 앞에서
희망의 실을 잣느라 손길이 분주하구나
순이야,
광주천 물살처럼 아스라이 멀어진
너의 10대 시절은 어디로 흘러갔을까
새로 놓인 **뽕뽕다리**에 돌아와
한 세월 돌아보면
물 위에 달빛처럼 그리운 얼굴들 만날 수 있을까

강물에 비친 그날의 환한 웃음 보고 싶구나.

* 뽕뽕다리 : 광주광역시 양동 광주천에 있었던 구멍 뚫린 철판으로 만든 다리.
  방직공장 여공들이 주로 건너다녔다.

대반동*

누군가 그리운 날이면 대반동에 가고 싶다

다정함이 밀물져 오는 고요한 바다가 있는 곳

한 송이 노랑원추리꽃처럼

누군가의 얼굴이 동그랗게 떠오르는 곳

어느새 안개는 추억 속으로 나를 이끌어

한 마리 갈매기 외로운 날갯짓

선창 카페에서 흘러나오는 노래를 들으며

누군가의 비릿한 머릿결을 느낀다

누군가의 눈빛이 내 눈가에 맺힌다

하얀 손의 떨림이 부표처럼 내 마음에 밀려와

누군가 그리운 날이면

파도 소리 깊은 대반동에 가고 싶다.

* 대반동 : 전남 목포 바닷가 지명

코로나 시대 사랑법

지난봄은 비상계엄령이 내려져
온 세상이 오싹 얼어붙었다
봄축제를 기다리던 벚꽃, 진달래도
통금에 발이 묶여 시무룩하게 들길을 서성거렸다
상춘객들은 검문소 경계선 밖에서
애타게 꽃들을 불러 본다
매화야, 목련아……
생기 없는 꽃들은 조화처럼 굳어 버렸다
제 홀로 바람만이 무선 와이파이처럼
마스크로 얼굴을 숨긴 익명의 눈빛들 사이로
꽃잎을 어루만지며 위로해주었다
'거리 두기'가 일상이 돼 버린 코로나 시대
꽃도 사람도 언택트*의 언덕을 넘어가고 있다
황달처럼 외로운 밤,
젖은 가슴의 언어는 수화로는 다 표현되지 못한다
가로등 불빛 희미한 골목길에서
그녀와 딥 키스로 사랑을 나누던 시절이 그리웁다
코로나 시대에도 사랑법은 여전히

'가까이', 그리고 '마주하기'이다.

* 언택트 : 비대면

45

함평 나비축제

봄에는 햇살 가득한 함평천지로 가자

형형색색 꽃밭 위로 나비들의 춤사위가

불꽃처럼 활활 타오르고,

동굴 속에는 겨울잠에서 깨어나

비상하는 황금박쥐 떼

봄의 환희가 분수처럼 솟구치는

축제의 땅, 함평

남녀노소 누구나 찾아와

바람과 하늘과 강물에 발목을 담그고

느티나무 그늘 아래에서

흥겨운 선율에 흔연히 마음을 적시는

평화로운 한나절

자연과 사람이 하나가 되어

봄의 시어詩語들이 꿈틀대는 함평천지에서

한 마리 연처럼 높이높이 꿈을 날려 보자.

오월 들판

봄장마에 논물이 넉넉해진 들판에

푸르른 기운이 흐렁흐렁하다

흰 왜가리 한 마리 농부인 양 논둑에 앉아

한참이나 논물을 둘러본다

풍년을 기원이라도 하는 것일까

정한수 한 그릇 올려놓고 조왕신에게 가족의 안녕을 비는

어머니의 모습을 닮아서 환하다

논물에 푸른 그림자가 어른거린다

구불구불 경계를 이룬 논들이

꼬부랑 할머니 묵은 이야기를 품은 듯

황토빛으로 아련하다

아우성치던 비바람이 걷히니

보리밭 여린 잎들이 한층 총총하다

오월 들판은 사방이 섬처럼 고요하다

기차가 평화롭게 풍경 사진을 끌고 간다.

봄과 겨울 사이 화엄사

회색빛 겨울이 떠나간 들판에 봄이 살며시 다가오고 있다

화엄사 경내에도 홍매화가 자주색 꽃잎을 피우며 세상
밖 봄 구경을 하러 나왔다

저만치 발걸음을 옮기던 겨울이 문득 옛 생각이 났던지
화엄사 마당에 서성거리고 있다

지리산 산봉우리는 겨울과 봄이 공존하고 있다

하늘 가까이 설산이 전설처럼 아득히 가파르게 솟아 있다

바로 턱밑에는 봄기운이 푸르게 감도는 춘산이 떠받치
고 있다

산문은 봄과 겨울 사이에 경계를 이룬다

중생들이 부처님 안부를 물으러 구름처럼 몰려들었다

각황전 옆 홍매화가 염화시중拈花示衆의 미소를 짓는다

겨우내 잠들었던 마음들이 독경 소리에 눈을 뜨고 있다

부처님의 자비 아래 봄빛이 눈부시다.

백양사 사월 초파일

천년고찰 백양사 산문山門에 드니
푸른 신록 그늘 아래 계곡물 소리
구름 대중 아득히 밀려드네
잔칫집 마당에 형형색색 내걸린 연등
범종은 깊은 산 고요를 깨우고
주지 스님 설법에
향기로운 미소와 꽃 같은 얼굴
대웅전 부처님께 큰절 올리고
탑돌이 돌다 문득 돌아보니
여기가 극락인가
어여쁜 마음들이 회향廻向하는 시방
어머니, 아버지 환생하신 듯
연꽃처럼 환히 웃고 계시네.

벚꽃

다시 그 시절의 강가에 앉아

귀 기울여 그대 목소리를 듣는다

징검다리 저 끝에서 불어오는 바람 타고

안개는 자욱이 그리움을 풀어놓는데

세월의 강은 조약돌 추억만 남기고

하얀 계절 속으로 기억들을 밀어 넣는다

목말랐던 젊은 날

뜨거운 사념이 가라앉아

모든 언어들이 수평선처럼

균형을 이루는 시간에

저 먼 데서 살아오는 눈부신 꽃을 아는가

그대여…

봄 기차

봄 기차는 굴렁쇠 바퀴 굴리며 온다
뙈~왜 기적 소리와 함께
보슬비 뿌리고 간 자리에 파릇파릇 돋아난 어린 이파리들
지난겨울이 웅크리고 있던 들판을 한 뼘 밀어 올린다
그녀를 태운 기차가 간이역을 스쳐 간다
보드라운 손으로 보리순 캐던 순이 얼굴이
흐린 차창에 맺힌다
철길 가에 좌판을 펼치는 봄꽃들
간수를 대신해 풀잎 같은 깃발을 흔들며
멀어지는 건널목의 풍경을 환송한다
철교 아래 느릿느릿 흐르는 드들강 강물
수줍은 듯 입술에 엷은 미소를 띤 채
쇠바퀴 소리에 귀 기울인다.

부여에 와서

늦봄 옛 백제 땅에 와 보니
부소산 산마루 송홧가루 아득히 날리고
바람도 굽어져 한 맺힌 자락을 보듬네
임 없는 천오백 년 세월이 꿈인 듯
흙 속에 묻힌 궁남지의 전설 깨어나지 않네
삼천궁녀 스러져 간 낙화암은 온갖 꽃들로 흔연欣然하고
백마강 푸른 물결 위에 관광객 실은 황포돛배
쏟아지는 햇살이 눈부셔서 서럽더라
고란사 범종 소리 산산이 흩어져
남몰래 울음 우는 산새들
나도, 가던 걸음 멈추고
기별 없는 백제 신하 안부나 물어볼까
고갯길에 뒤돌아본 부소산 그림자
첩첩하게 시나브로 마음에 들어앉네.

제3부 여름날의 추억

달과 구름

달과 구름의 인연으로 만났으니 슬퍼 말아요
흘러가는 뒷모습이 꿈인 듯 아득해도
짧은 포옹의 순간은 꽃밭으로 환했으니
천둥이 쳐도 눈물짓지 말아요
여름비 내린 산에는 하얀 물안개
맑갛게 씻기운 나무 사이로 흐르는 푸른 목소리
살아서 아름다운 이 순간을
자갈밭 돌들도 보석처럼 빛나거늘
야윈 세월 추억의 거리를 맴돌던
그대 노랫소리 들려오면
호리병 속으로 불러들이는 마술을 배워야 할까요.

남광주시장, 컴포우즈 커피숍에서

남광주시장으로 노老 시인을 만나러 가는 길에
소나기가 퍼붓기 시작했다

순식간에 군중은 해산하고
텅 빈 거리에 통금通禁이 내린다

쫓기듯 들어간 컴포우즈 커피숍에서
창밖 거리 풍경을 바라보니
삼류 영화관 스크린처럼 추억이 흐른다

냉커피를 마시며
파인애플 나무가 그려진 리어카에서
냉차冷茶를 팔던 동네 아저씨가 생각났다

주점 앞에 떨어진 지폐를 주워 찐빵을 사먹던
기억은 오래도록 남아 가난한 허기를 채워준다

아버지는 제삿날이면 시장에서 늘 생선을 사 오셨다

건너편 광주천 위 끊어진 철교에는
비둘기 떼가 파리(Paris)의 광장을 엄호하듯
수시로 날개를 퍼득이며 주변을 감시한다

기차는 오늘도 오지 않을 듯
농협 앞 노점 상인은 하염없이 빗물만 바라보고
노老 시인은 '조금 늦겠다'고 문자를 보내왔다.

당사도에서

압해도와 암태 사이에
당집 같은 섬 하나
저 멀리 수평선을 그어 놓은 자리에
천사대교가 무지개처럼 곱게 떠 있다
가을 물결이 물때를 맞춰
선창 어귀에 빈 그물 펼쳐 놓고
애먼 산 그림자, 그리움인 듯 붙들고 있다
마을 둠벙에는 바람 소리를 엮는 갈대밭
푸른 이끼가 남모르게 사연들을 끌어모아 추억을 빚고
폐교에는 아이들 웃음소리도, 이순신 장군 동상도 사라
진 채
허물 벗은 건물만 그 자리를 지키고 있다
모래사장에는 어디선가 밀려온 유랑의 잔해들
부둣가 방파제에는 낚싯배가 한가로이 휴식 중이다
나그네를 이곳에 초대해준 신의 인도하심처럼
스르렁스르렁 돌아오는 물살이 흥에 겨워 춤을 춘다
소금기 어린 바람이 푸석해진 마음에
윤기 나는 시 한 줄 읊어주는 당사도

비가 간이역을 지날 때

비가 기차의 속도로 내게로 달려왔다
기차의 바퀴는 심장이다,
뜨거운 입술로 차가운 레일을 입맞춤한다
뜨거울수록 내 마음에는 전율이 일어난다
장미꽃이 유령처럼 피었다가 사라진다
비의 심장은 소리이다
비가 기차의 속도로 달릴 때
차창 밖은 연주가 시작된다
아다지오에서 안단테로, 그리고 라르고, 피아니시모로…
비는 꺾인 날개로 기차를 호위하며
날아간다
비가 바퀴의 소리를 부르짖으며
가난한 마을을 지나간다
비는 차갑게 이별의 악수를 건네고
기차 바퀴처럼 멀어져 간다
허물처럼 벗은 내 마음은
녹슨 기차 레일처럼 비에 젖은 채
모호한 풍경으로 흐를 뿐이다.

소악도 가는 길

재갈매기 날으는 압해도 바다는 은비늘을 퍼덕이고

기항지를 떠나는 철부선은 내 마음처럼 출렁거린다

섬과 섬을 잇는 천사대교는 무지개처럼 허공에 떠서

하늘 아래 아득히 푸른 물결을 내려다본다

섬들은 저마다 구들장처럼 억겁의 세월을 품고

고요히 풀숲에 누워 생각에 잠겨 있다

갑판에 오른 여행자들은 검은 선글라스 너머로 추억을 낚는 중이다

그들은 상념의 바다에서 어제의 뒤틀렸던 항로를 헤아려 보고 있다

소금기 절은 바람이 내 마음을 북어처럼 말려준다

누군가에게 품었던 그리움이 갯바위로 변해 파도에 휩쓸린다

바다는 모든 것을 풀어헤치는 습성이 있다

그러나 섬은 그것들을 단단히 붙들어 묶어 놓는다

우편배달부가 행낭을 둘러메고 배에서 하선한다

육지에서 전해 온 소식이 궁금해진 바다가 철썩철썩 그를 부른다

철부선이 돌아가고 재갈매기가 제 홀로 내 마음처럼 유랑한다.

책 묶는 여인

신호 대기 중인 승용차 차창 너머로
우연히 바라본
붉은 벽돌 건물 공장 안에서
한 여인이 분주하게 손을 움직이고 있었다.

청바지에 꽃무늬 블라우스를 입고
긴 머리가 허리춤까지 내려온 그 여인은
책 묶는 기계 앞에서 열심히 작업 중이었다.

한여름 무더운 날씨에도 아랑곳없이
빠른 손놀림으로
책의 음계에 맞춰 한 소절씩
하프 줄을 튕기듯 연주하고 있었다.

플로리스트처럼
책의 향기와 더불어
장미꽃 한 다발을 활짝 피워 내고 있었다.

어느덧
그 여인의 실루엣이
내 마음까지 묶어 버렸다.

잠시 마주친 찰나의 장면,
신호가 바뀌었지만
내 마음은 그곳을 차마 떠날 수 없었다.

비아장*에 갔던 날

문득, 고향이 그리워 찾아간 비아장은
장이 서지 않는 날이라
할매도 아짐도 보이지 않았다
햇살이 희미하게 내려앉은 골목에
백 년 세월을 견디느라 주름 깊어진 장옥만
간이역처럼 덩그러니 남아 있었다
장날이면 장터가 다 차고 넘쳐서
도로변까지 좌판을 펼치던 장꾼들
어디론가 떠나고,
묵은 흔적들이 하나, 둘 사위어 가고 있었다
이른 아침부터 뚝딱뚝딱 쇠망치 소리 아련한
양철집 대장간도 어느새 사라지고
그 자리에 빼꼼히 현대식 건물들이 둥지를 틀었다
어머니 손맛이 정겨운 팥죽집에 들어가
맨드라미꽃처럼 붉은 추억 한 그릇 마주하니
잊힌 옛 풍경들이 몽실몽실 피어오른다
내일 오일장이 열리면
또다시 왁자지껄 사람들 몰려들어

덤으로 정으로 팔고 사는 시골장 인심이

흙바람 속에 넘실거리려나

* 비아장 : 광주광역시 광산구 비아동에 위치한 백 년 넘은 오일장

하롱베이에 와서

바다에 솟은 3천 개 봉우리들이여
그대들이 우뚝 선 것은
그대들의 힘이 아니다
억겁의 세월 동안
몸 굽혀 머리를 부딪혀 옹위해 온 파도의 힘이다

푸른 투구를 쓴 전사들이여
그대가 위엄을 부리는 것은
그대의 호령 때문이 아니다
검은 이끼 두르고 외로운 시간을 지탱해 온
바위섬의 겸양 때문이다

점점이 소실되어 가는 작은 섬
그들도 한때는 거산居山이었거늘
그들은 침묵하고 있으나 흔들리지 않으리니

두 팔 벌려 맞아준 하롱베이여,
순간의 추억만 남아

내 마음에 부표처럼 떠 있을 터이니
삶이란 돌아서면 늘 그리움일 테니…

베트남 하노이河內에 와서

시간이 채색된 도시의 미로에 발을 내디디며
비로소 여행자가 된 느낌, 이 기분을 마음에 담아서
카페에 앉아 엽서라도 쓰고 싶은 그런 느낌
노트르담 성당을 본떠서 지었다는 성당을 올려다보며
하노이가 아닌 유럽의 어느 도시에 온 듯한 착각
일상을 벗어난 여행의 기쁨이란 이런 것이구나
바가지를 긁어대는 옆에 있는 사람을 첫사랑으로 착각
하게 만드는
마법에 스스로 놀란다
길거리는 과거와 현재가 뒤엉켜 저마다의 시간을 달린다
인력거를 끄는 사람과 여행자를 싣고 전기차 카트를 몰
고 가는 여인
그 틈새를 뚫고 길을 여는 오토바이와 자동차들
지구상의 모든 인종들이 한데 모여서 저마다의 언어로
웃고 떠들고 서로서로를 훔쳐보며 기쁨에 펄럭인다
상가 골목을 가득 채우고 있는 숍들은 형형색색
이색적인 상품들을 진열해 놓고 여행자의 호기심을 부
추긴다

하노이는 이름처럼 호수의 도시

65층 롯데전망대에 올라 시내를 내려다보면

홍강紅江이 도시를 관통하고

초록빛 호수들이 군데군데 얼굴을 내민다

호수는 분주한 도시의 템포에 쉴 틈을 열어준다

하노이의 가장 큰 매력은 꽃의 도시라는 것

거리마다 가게마다 식물과 꽃들이 앞자리를 차지하고 있다

대형 화훼시장에는 화려한 꽃들이 봄맞을 채비를 하고 있다

그리고 여행자에게 다시 한번 오라고 손짓한다.

영산강 일기

무등산 발아래 흐르는 출렁임이
진양조 가락으로 억새춤을 출 때
나는 긴 목을 가진 사슴처럼 유랑하리라
강가 물푸레나무 낙엽 진 길을 따라
님의 눈물 어린 마파람 맞으며
논배미마다 꺾인 죽창, 피 묻은 깃발을 뒤로하고
흙바람 속으로, 흙바람 속으로
진군하리라
텅 빈 대지 위에 드리워진 개벽 세상은
영산강 목마름처럼 허허롭고
저만치 멀어진 길은
늦은 계절 언덕에 핀 수국이 어여쁘다
말없이 떠난 까마귀 떼 다시 돌아오는 길목에 서서
나는 백제의 유민처럼
밤새 돋은 별을 헤아려 본다
어디쯤에 천불천탑의 꿈이 일어서고 있는지…

여름밤

여름밤 무슨 일이 일어나는지 나는 모른다

그저 잠들지 못하고 한 그루 느티나무가 되어 서 있을 뿐이다

때론 실바람이 불어와 귓속말로 소식을 전하고

때론 논가 개구리 울음소리가 어머니의 음성처럼 파문 짓는다

어쩌다 밤 기차는 소나기처럼 내 마음을 긋고 어둠 속에 묻히고

달빛이 도시 문명 언덕 위에 신비롭게 걸려 있다

새벽닭이 울기 전에 나는 여름밤 무슨 일이 일어나는지 모른다

강물이 어디로 흘러가는지, 포플러 나뭇잎이 무슨 노래를 부르는지

누가 술에 취해 비틀거리는지, 어느 집 담벼락이 무너져 내리는지

그저 잠들지 못하고 휘영청 보름달을 바라볼 뿐이다.

사랑이 고픈 시대

사랑이 고픈 시대,
휴대폰 벨소리마저 '사랑해' '사랑해'를 외친다
사진을 찍을 때도 하트를 날려야 한다
대중가요 노랫말이 사랑으로 넘실거리듯
일상의 모든 기호記號는 사랑을 품고 있다
사랑은 넘쳐나지만 사랑의 유효 기간은 짧다
신호등이 파란불에서 빨간불로 바뀌는 사이에
우리의 사랑도 저만치 멀어져 있다
사랑은 짧고 기다림은 길다
그래서 '사랑해'라는 외마디 외침이 '외로워'라는 비명처
럼 들린다
우리는 진정 사랑하는 법을 알고 있나.

여름 벼논에 물이 들 때

여름 벼논에 물이 차오를 때
어디선가 그들은 고향으로 돌아온다

문명과 흙더미가 경계를 이룬 작은 영토에
이앙기 바퀴가 지나간 골 사이로
연푸른 잔물결이 그리움으로 번진다

한낮의 그림자가 산마루에 닿을 즈음
계절이 초대한 한 무리 물새들이 DMZ 안의 평화를 누리듯
느릿느릿 풍경을 옮기고 있다

밤이 되면 마을에 내려온 별빛이 옛집 호롱불처럼
따숩게 반짝거린다
그러면 향수에 젖은 목소리가 아득히 들려온다

아직 돌아오지 못한 이름 없는 영혼들은
어디선가 고향 노래를 부른다
낮게 흐르는 초록 안개 속에서.

제4부 가을 간이역

빈티지 클럽

가을, 도시의 거리는 음표 같은 은행잎이 흩날린다
길모퉁이에 부티나게 폼을 잡고 있는 가게는
실상은 구제옷을 파는 상점이다
'vintage club'이란 간판이 오히려 이국적이다
쇼윈도우 너머로 '한번 다녀온 옷'들이
말끔하게 단장하고 마치 신상新商인 양 시치미를 뚝 떼
고 있다
오늘 아침 조간신문 1면 제목과 흡사하다
짙게 눈 화장을 한 늙은 창부가 신문을 내려놓고
길냥이의 눈빛으로 지나가는 행인들을 훔쳐보고 있다
어디선가 「립스틱 짙게 바르고」 가요가 흘러나온다
가을은 세일하기 좋은 계절,
문득 'vintage club' 가게 문을 열고 들어가
누군가의 추억을 입어 보고 싶다
나뭇잎들이 전단지처럼 길 위에 뿌려진다.

아버지의 비밀화원

어머니가 구름 타고 천상에 오르시던 날,

화순 춘양면 산기슭 양지바른 곳에 둥근 흙집이 새로 지어졌다

예순 살이 넘은 아버지는 날마다 먼 길을 걸어 둥근 집을 찾아와

해가 질 때까지 땅을 파고 일구셨다

예전 고추밭이었던 자리는 아버지의 손길이 닿으면서 차츰 화원으로 바뀌었다

키 작은 소나무들이 자라 울타리를 만들고, 계절 따라 백일홍과 온갖 꽃들이 피고 졌다

봄이면 매화꽃이 어머니가 살아오신 듯 환한 미소로 나를 반겨주었다

안개비 내리는 여름날이면 정원은 푸른 물결로 넘실거렸다

가을날 감나무에 홍시들이 주렁주렁 매달리면 산새들은 잔치를 벌였고,

겨울 눈보라 속에도 동백꽃은 붉게 타올랐다

그렇게 아버지의 화원은 천상의 세계를 옮겨 놓은 듯

날마다 꽃이 피고 새가 울고 햇살이 가득했다

스무 해 넘는 어느 날, 아버지는 어머니 곁에 둥근 집을 지어 천상天上 부부가 되셨다.

가을, 임곡역에서

고장 난 풍금처럼 굳게 닫혀 있다
창 너머 대합실에는 의자가 졸고 있다
모두가 묵언 수행 중이다
차표를 사는 일도
벽시계를 바라보는 일도
그저 신기루처럼 거울 속에 아득하다
바람이 상행선을 타고 지나간다
개찰되지 않은 노오란 은행잎들이
오선지 선로 위에 음표처럼 내려앉는다
이곳에서는 아무도 행선지를 묻지 않는다
만남도 작별도 없으므로,
햇살이 감나무에 걸린 분홍빛 신호등을 켠다
가을이 긴 꼬리를 달고 대지를 달린다
황룡강은 만산홍엽 산그늘을 싣고
오늘도 남쪽으로 흐른다
내 마음을 대신해
흰머리 억새들이 손을 흔들어주는 계절.

그 길 위에서

차에 부딪힌 별을 고추밭에 묻고
돌아서던 길

그녀와 헤어진 후 어둠 속에
고양이처럼 웅크렸던 길

사직서를 남겨둔 채 낡은 가방을 메고
허우적대며 내려오던 길

그 길 위에 아득히 눈이 내리고
나의 발자국이 판화처럼 찍혀 있다

그 길 위에 한 그루 양버즘나무
늦은 계절을 태우고 있다.

가을날에

가을은 폭풍을 몰고 오기도 하지만

오색 색종이를 뿌리며 온다

인생 역시 그러하였으리라

절망으로 가득 찬 순간

나 홀로 먹구름 속에서 갇혀 울기도 하고,

비 갠 대지 위에 걸린 무지개 바라보며

금빛 햇살에 가슴 벅찬 환희의 날개 펼쳤던 날들

어제와 오늘이 다른 일상을 살아가며

지우고 싶은 기억이 얼마나 많았던가

하여, 아물지 않은 상처를 보듬고

애써 희망을 노래하지 말라

그리고 아파하지 말라

계절은 신의 섭리를 전하는 사도일 뿐

내리치는 폭풍우가 걷히고 나면

들판에 다시 꽃들이 만발할 터이니…

낙엽의 서

가을 언덕을 제 홀로 가는 길손이여
지난 계절의 구멍 난 상처를 안고
작별하는 저 발걸음 사이로
지나온 날들 노을에 물든 마음이 울고 있다
여기저기 저잣거리 바닥에 떨어지는 남루한 편지들
유령처럼 내가 밟았던 노을을
행인들이 저마다 붉은 사연을 보듬고 바스락 스러진다
가을 언덕에서 들려오는 피리 소리
누군가 언덕에 또 한 굽이의 생애를 각혈한다.

가을강에서

어느 암자에서 스쳐 간 인연인 듯
그리운 님의 뒷모습이 이렇게 먹먹하게
가랑비처럼 가을강에 한 땀 한 땀 파고드는가
숨 가쁘게 멀어진 계절의 뒷마당에는
수취인 불명의 편지들이 코스모스로 펄럭이고
내가 밤새워 썼던 답장들은 낙엽이 되어 구르네
나는 강가 마로니에 나무 아래 벤치에 앉아
잔물결이 전해주는 미완의 문장들을 해독하느라
붉은 노을 사이로 되돌아오는 새 떼들을 알아채지 못하고
퇴적된 모래톱에 처박혀 죽은 물고기들을 의심하네
낚시꾼들이 비에 젖은 채 물결 따라 흘러가고
대신 떠오르는 건 울긋불긋한 수초들
내 마음 강물에 비추이면 몽실몽실 피어나는 옛 추억
그리운 것들이 흐렁흐렁 모여드는 가을 황룡강.

가을은 만남의 계절

어느 시인의 시구처럼,
가을은 만남의 계절이다
가을로 초대하는 코스모스가 온 들판에 널려 있다
그 코스모스 길을 따라 누군가를 만나러 간다
강어귀 플라타너스가 황금빛으로 물드는 오후
벤치에 앉아 느린 강물을 바라보는 한 여인이 있다
가는 귀밑머리가 석양빛에 반짝거리고
희고 갸름한 실루엣이 억새풀 향기가 난다
젊은 날 처음으로 보낸 러브레터의 주인공처럼
그녀가 어떤 모습일지 심쿵해지는 계절,
가을에는 추억 속 누군가를 만나러 가야 한다.

가을 소네트

가을 풍경은 아다지오 리듬으로 감상하자
공원 벤치에 앉아 키 큰 나무들 아래에서
R. M. 릴케의 시집을 읽으면서 옛 연인을 회상하듯이
한 줄, 한 줄
천천히 악보를 넘기자
여름날의 폭풍을 흘려보낸 강물은
이제 막 떨어지는 은행잎을 품에 안고 탱고 춤을 춘다
강변에 핀 코스모스 군락이 누군가 뿌려 놓은 색종이처럼
바람에 흩날린다
오솔길 따라 우리의 추억은 갈대가 되어 서걱거리고
멀어진 산은 사랑하는 사람의 눈빛처럼 아득하여
금세 온 들판에 금빛 그림자를 돋운다
철새들은 떼 지어 선회하며 가을 합주를 지휘하고 있다.

감을 따며

화순 춘양면 대신리 산중턱
고추밭 언저리
감나무 몇 그루가 가을 하늘을 이고 서 있다
아버지는 어머니가 먼저 흙이 되시자
외로우실까 봐 감나무를 심으셨다
가을빛 고운 날
까치가 날아와 세상 소식 전해달라고
생전에 그토록 열심히 감나무를 가꾸셨다
이젠 아버지도 어머니 곁에 나란히
누워 계시고
까치만 날아와 붉은 홍시를 쪼고 있다
나는 긴 장대로 감잎을 이리저리 헤치며
속절없이 감을 따고 있다
올해는 가을빛이 왜 이리 고운지
감마다 아버지, 어머니 웃음이 환하구나.

가을 풍경

가을 들판에
때를 알아 떠나는 것들의 몸짓이 부산하다
자욱한 안개가 캔버스에 물감이 번지듯,
떠나는 무리들의 길을 막고서 긴 포옹을 한다
나는 옷깃을 세우고 강가로 간다
코스모스들이 안개 속에 긴 모가지를 내밀고
때를 알아 떠나는 길손들에게 손을 흔들어준다
강물은 목마른 내 언덕에 한 줌 모래성을 쌓아 놓고
소리 없이 너울너울 사라진다
억새풀이 바람을 따라 강물에게 하얀 손수건을 전해준다
남몰래 울었던 날들도 그렇게 흘러가리라
누군가 묻지 않아도 때를 알아 떠나는 사람들은 안다
가슴에 붉은 피톨 같은 그리움을 돋우며
미처 말하지 못한 한 떨기 목메임을
마지막 잎새가 되어 빈 들녘에 비목처럼 서 있으리라는
것을.

가로수

도시의 외로운 파수꾼,
가로에 홀로 서 있는 나무여
아무도 눈길 주지 않지만
오래도록 기다려 온 나무여
가을날 낙엽들 모두 떠나 버리고
기다림이 깊어 목마름으로
사슴처럼 뿔이 뻗은 가지들
겨울에는 하얀 눈을
층층이 얹고서
따뜻한 손길 내밀어줄 나무여
봄이 오거든
수줍은 나에게
연한 미소 한번 띄워주렴.

남파랑길을 걸으며

외진 바닷가 보성 득량에 왔더니
투박한 손길로 나그네를 반기는 바람결
태고의 시간을 살다간 공룡이 다녀간 길을 따라
남파랑길이 굽이굽이 흐른다
간척지에 자신의 탯자리를 내어준 바다는
고향으로 회귀하는 수군水軍의 영혼처럼
푸른 등을 내밀고 뭍을 향해
갯바위에 새긴 이름을 부른다
제 홀로 오봉산에 늦은 봉화를 피우는 안개
전설을 품은 마애석불이 중생을 깨우느라
나무들을 붉게 사른다
추수가 끝나 밑둥만 남은 허허로운 논배미
참새 떼 떠도는 남도 땅 하늘이
질박한 모국어로 가슴을 후린다
사람 그림자 보이지 않고
외줄기 경전선 기차가 들녘을 가로질러
늦가을 속으로 빨려드는 득량만의 바다.

자전거 끄는 노인

뉘엿뉘엿 해가 기우는 언덕에
가을 나무들이 털갈이를 하듯 빛바랜 편린을 떨구고 있
었다
하얀 피부를 가진 행인들 사이로
빠르게 지나가는 자동차 사이로
낡은 자전거를 끌며 오르는 노년의 남자를 보았다
오래된 시간의 덧문을 열고 나오는 사람처럼
시커멓게 세월에 그을린 그의 얼굴은
시골 농부로 논배미에서 한 생애를 보낸
외숙外叔의 선한 표정을 닮아서 순간 멈칫했다
가파른 길 중력을 잃은 낙엽처럼
힘없이 메아리치는 그 언덕에
억척스런 노동으로 기운을 소진하고
남자의 짠하게 살아온 이력이랄까,
가쁘게 지나간 추억마저 귀밑머리에 하얗게 새어
깊은 주름에 잔잔히 흐르는 노을빛이
파문처럼 내 가슴에 반사되었다.

성묘 가는 길

화순 춘양 산마루에 구름처럼 떠도는
어머니를 만나러 가는 길

밭이랑에 가을이 익어 가고
고추밭은 사라지고 잡초만 무성하다

하늘 높이 오른 포플러 잎들이
때로는 슬픔으로, 때로는 그리움으로
내 마음에 펄럭인다

구불구불 산비탈 고인 방죽에는
수많은 죽음들이 건져지지 않은 채
물고기처럼 물속을 유영한다

아무리 가물어도 마르지 않는 방죽 물은
죽음을 은폐한 채 우리를 의혹에 빠뜨린다

생과 사의 교차로에

생의 마침표 하나 거기에 있다
길거나 짧거나

이승에서 얻은 마지막 문장 하나
거기에 새겨 있다

어머니의 음성이 나를 부른다.

제5부 겨울강에서

겨울 편지

먹먹한 들판에 들짐승처럼 웅크리고 있는 겨울산

갈기갈기마다 하얀 잔설殘雪이 얼어붙어

히말라야 만년설에서 부는 칼바람 자국

지상의 풍경을 날카롭게 오려 내고 있다

전설傳說처럼 눈이 내린 언덕에

너와 나에게 기다림이 되어준 느티나무의 앙상한 갈비뼈

겨울새들이 까마득히 아득한 하늘로 상형문자를 물고

간다

윗배미 묵은 밭에는 아직 뽑히지 않은 배추가

동학군 잘린 머리마냥 시퍼렇게 목덜미를 세운 채

엄동설한 고향 땅을 보듬고 있다

오랜 계절 안부를 묻지 못한 흙바람집에는

고양이 한 마리 주인인 듯 마루에서 서성거리고

팔순 노모가 소식이 그리워 종일 창밖을 바라본다

겨울강 1

세상사 외로울 때면 겨울강에 가는 사람이 있다
눈도 내리지 않는 민낯 하늘 아래
철새마저 떠나버린
메마른 모래톱에 뿌리째 발목을 적시고 있는
억새 무리,
시린 것들이 다 떠밀려와
유랑하는 번지 없는 강언덕에
제 상처를 보듬고 홀로이 허물을 벗는
양버즘나무처럼
아무리 칼바람이 강을 반으로 가르더라도
겨울강에서 옛사랑을 기다리는 사람이 있다.

겨울강 2

며칠째 쏟아진 눈발은 강가 수풀 위에 말씀으로 빛나고 있다

동트는 즈음, 강물은 나직한 설교를 듣느라 반쯤 졸고 있다

한 번의 기습 한파에 세상이 이렇게 고요할 수 있다니

생물이나 무생물이나 모두가 한 종족이 되어 이렇게 평화로울 수 있다니

그래서 아기 예수는 한겨울 눈과 함께 높은 곳에서 낮은 이 땅에 오셨을까

텅 빈 들판은 표정이 없고,

대신 겨울새 떼 지어 날며 그들만의 축제를 벌인다

새 하늘과 새 땅이 열려 오로지 그들만의 영토가 설원
위에 펼쳐졌다

이곳에 살던 사람들은 오래전 강변을 떠나 버려진 마을
터만 남아 있다

낮은 구릉을 감싸고 있는 대나무숲과 감나무 한 그루,
그리고

묘목과 잡풀들이 하얀 화선지 위에 고즈넉이 그려져 있다

이따금 철길을 지나는 기차들이 문명의 경계선을 일깨
워준다

한쪽은 오랜 추억을 품은 논들이 누워 있고,

한쪽은 아파트 숲이 해바라기처럼 고개를 높이 쳐들고
있다

그 사이로 경전선 완행열차가 강물처럼 흘러간다.

겨울강 3

뜨거웠던 날들은 저물고
차갑게 시들어버린 빈 껍질들이
강물 위에 부스럭거린다
겨울강에는 두 개의 선율이 흐른다
낮은 음계로 목을 돋우는 강물과
높은 음으로 물살을 거슬러 노니는 물새 떼,
억새 숲은 바람의 추임새에 제 몸을 맡긴다
그러나 그들은 한 곡조로 노래한다
지난 추억들이 물비늘처럼 반짝거린다
강 한가운데 낚시를 던지는 어부의 모습이
추억을 낚으려는 나의 마음을 그리는 것 같다
삶이란 때로는 범람하는 강물에 젖기도 하고
메마른 모래톱 징검다리를 건너가기도 한다
겨울강은 거울이 되어 나를 비추인다
지나온 길을 뒤돌아보지 않는 강물처럼
홀로이 아득한 제 길을 가는 나그네여.

겨울강 4

겨울강에 가면,
각설이들 눈송이 맞으며 진창으로 몰려온다
아무도 기척 없는 허허벌판 강변에
깨진 사발 들고 진격해 오는 각설이 무리
어얼씨구 강둑 따라 쳐들어온다
저얼씨구 억새풀 헤치고 쳐들어온다
작년에 왔던 각설이 죽지도 않고 떼죽으로 우르르 몰려
온다
키 큰 나무들 척후병처럼 창을 품고 서 있고
그 사이를 까치 떼 깍깍대며 긴급 타전하느라 분주하다
동학군이 떠나간 포구에
강물은 목젖이 뜨거워져 속으로 낮게 흐르고
뭉게뭉게 물안개처럼 각설이 타령 피어오른다
겨울강에 가면,
서걱대는 각설이 장단에 왼종일 귀가 먼다.

겨울 불회사에서

겨울 불회사 가는 길은 두 갈래
번뇌이거나 해탈이거나
동안거冬安居 인적 드문 산사에
바람처럼 불현듯 산문山門에 드는 중생 하나
개울물 소리 엿듣다 졸던 돌장승 해죽거리며 눈웃음치네
비자나무 숲길에는 수북이 쌓인 지난 계절의 잔해들
쓸쓸하지도 남루하지도 않아 향그럽다
비탈에 남은 잔설은 홑겹의 햇살에
시나브로 눈을 감고
열반한 스님의 독경 소리를 해독한다
한 생애 적멸의 시간이 남기고 간 부도탑은
사문의 이정표가 되어
천년고찰 용맹정진의 불꽃으로 타올라
뜨겁게 껴안은 불심 연리지가 되는가
대웅전 뒤안 동백은 아직 묵언 수행 중이라
바깥 세상의 안부를 전할 길 없네
풍경 소리에 내 근심의 뿌리를 부려두고
가지 끝에 눈 뜨는 춘설차의 향기에

산 아래를 휘이 굽어보니
겨울 불회사 가는 길은 두 갈래
묵은 겨울이거나 이른 봄이거나.

눈꽃 사랑

눈길을 걷다가
눈에 핀 꽃을 보았네
하늘에서 천사가 내려와
외진 골목에 민들레처럼
수줍게 웃고 있네
순수한 마음이
쌓이고 쌓이면
보랏빛 꽃잎을 피우는지
이제야 알았네
밤새워 꽃등을 걸어 놓고
눈을 맞으며
사랑은
그대를 기다리네.

내 마음 문턱까지 왔던 그 사람

내 마음 문턱까지 왔던 그 사람
대문 밖에서 남몰래 눈빛만 마주치다가
장꽝*에 꽃 한 송이 피워두고 갔네
봄이면 텃밭에 서성거리는
아지랑이처럼
가느다란 모가지를 내밀고
꽃망울 가슴에 아롱지네
여름이면 다알리아 연분홍 편지를 띄워
밤새도록 읽다가 내 마음 갈대처럼 야위었고
가을날엔 맨드라미 애타도록 붉은 사연
차마 답장도 못 하고 눈물짓는 촛불만 바라보았네
내 마음 문턱까지 왔던 그 사람,
겨울이면 장꽝에 핀 동백처럼 왼종일 눈 맞으며 서 있네.

* 장꽝 : 장독대의 전라도 사투리

가난한 날들이 그리운 까닭은

벽 틈새로 밀려드는 찬 기운이 나를 깨울 때
된바람에 그을린 새벽 별빛은 거룩하다
골목길을 빠져나가는 어머니의 리어카 바퀴 소리가 아
득히 들려온다
나에게 찾아온 가난한 성자여,
나이가 들면 노여워하지 않는다
나이가 들면 슬픔을 드러내지 않는다
되돌아보면 모두가 축복의 날이었음을.

잔설

나는 간혹 그 겨울을 추억한다
외딴 시골 산비탈에 잔설을 슬픔처럼 부려 놓고
내 갈비뼈를 빠져나간 바람이
새 떼를 몰고 유령처럼
빈 들판을 떠돌던 그 겨울을.

겨울밤

겨울 도시 밤거리에 발자국 드문해질 무렵
가게 문 닫는 소리와 전등이 하나둘 꺼지고
문득 나 홀로 가로수처럼 남겨져
적막함이 밀물져 오는 길목에서
스산히 바람에 흩날리는 낙엽들
환등幻燈 불빛에 생生을 비추며
송이눈을 눈사람처럼 맞으며
왼종일 기다리던 엄니를 마른 입속으로 떠올렸다.
하늘의 별들이 지상 가까이 내려와
차운 칼끝 바람에 번뜩거린다
쌀가게를 서성거리던 한 아이가 쌀을 한 줌 집어들었
다가
주인에게 들켜 두 손 들고 벌을 서는 겨울밤
떠나온 길만큼
돌아가야 하는 길이 미로처럼 아득해
손을 호호 불며 낮은 어깨를 굽히며
광주천 길을 따라 오래도록 걸었다
겨울밤은 검은 연탄처럼 컴컴하기만 했다

엄니는 지금 어디쯤 리어카를 밀고 오고 있을까.

서귀포에서 황금물고기를 만났네

요트에 몸을 싣고 서귀포 바다로 갔던 날
바람은 초원 위를 달리는 말처럼 푸른 등을 내밀고,
하염없이 피어나는 하얀 포말은
어젯밤 꿈에 본 춤추는 여인의 미소처럼
나를 스쳐 갔다

아라비안나이트 동화 속 나라로 떠나는 뱃전에
설레는 마음으로 릴낚시를 풀어놓는다
차가운 겨울바람이 물결치는 대로
깃발을 흔드는 찌를 바라보며
황금물고기를 만날 수 있을까 상상한다

어느 순간, 손에 전해지는 팽팽한 전율
숨겨진 인연의 끈을 타고
수면 위로 얼굴을 내민 황금물고기는
이렇게 아름다운 세상은 처음이라며
입을 벙긋거린다

황금색으로 찬란하게 치장한 그가

어쩌면 용궁의 사신이라도 되는 듯 벅차고 눈부셨다

예기치 않게 나를 찾아와

눈을 마주친 황금물고기,

첫사랑처럼 위태롭게 내 마음을 끌고 바다로 갔다.

곳자왈, 비밀정원에서

당신의 긴 팔로 나를 휘감지 마세요
나는 가시를 가졌으니까
가까이 다가서면 피를 흘리게 되죠

아무도 허락하지 않는 비밀정원에서 우리의 꿈은 비를
맞고
무럭무럭 뻗어 나가죠
하지만 때때로 그늘의 벽에 막혀 눈앞이 캄캄해요
가시넝쿨을 만들어 벽을 타고 올라가려고 해요

저만치 당신의 푸른 손이 보여요
근육질 팔뚝과 굵은 핏줄이 꽤 단단하게 느껴져요

서로 싸워야 살아갈 수 있는 정글에서
한 치의 양보란 없어요
사랑은 꿈꾸지 마세요,
서로가 서로에게 찔려서 아프니까

대신 사랑하는 이가 있다면
한 발짝 떨어져서 먼 하늘을 향해 구원의 기도를 해요

여름날 천둥소리에 잠을 깨 주변을 돌아보면
소나기 세례를 받으며 노래를 부르는 당신을 보아요

밤하늘에 내가 쓴 편지가 컴퓨터 화면처럼 껌벅거려요
텔레파시라는 게 저런 거군요

유채꽃이 피는 봄날이 오면,
가시 대신 새순처럼 사랑이 돋아날 거예요
당신의 푸른 정원에서.

해설

남도 빛 언어와 감성 그리고 정신의 삼중주

김규성 시인

모든 시는 서정시의 품 안에서 각각의 병아리로 부화했다. 일찍이 시 전체를 가리키는 보편적 용어로 사용되기도 한 서정시는 시공을 초월해 시의 기반을 다져 왔다. 따라서 서정시 본연의 역할은, 겹겹의 모호성과 형용모순의 '낯설게 하기'를 전략적 장치로 새로움을 추구하는 현대시의 탈서정적 일탈을 추스르며, 시가 그 수명을 다하는 미래까지도 불가분의 현재진행형일 것이다.

시는 언어와 감성, 그리고 정신을 3요소로 한다. 서정시는 감성보다도 언어에 치중하는 현대시의 사막화를 견제하며, 청정한 정서 함양을 주도한다. 이를테면 자칫 건조

해지기 쉬운 시의 언어적 독주에 오아시스의 샘물과도 같은 감성의 목을 축이는 한편, 길을 나설 때마다 새롭게 고귀한 정신의 옷깃을 여민다. 이때 정신은 언어와 감성이라는 쌍두마차를 조화롭게 이끌어 결곡한 시의 목적지에 이른다.

시혼, 시정신은 시의 정신적, 사회적 가치를 표상하는 상징어다. 그 속에는 견실한 의지가 깃들어 있는데 대표적 시인으로 윤동주, 한용운, 이육사를 꼽을 수 있다. 그들은 고매한 정신에 불굴의 순결한 의지를 결속시켜 시의 위의와 존재 가치를 아름답게 부각시켰다. 그러면서도 모범적 서정 시인으로 각별한 사랑을 받아 왔다.

박준수는 시의 본령에 충실한 전형적 서정 시인이다. 그의 시는 언어와 감성, 정신의 3요소를 고루 갖추고 있다. 그의 시와 만날 때는 이 점을 기억하며 행간의 은밀한 함의를 읽어 나가야 그 본질에 온전히 도달할 수 있다. 그의 시에서 언어는 '모호'의 안개를 걷고 두렷하고 정감 있게 사유를 형상화하는 표현기제로 기능하고, 감성은 운율과 더불어 정서적 내재율을 이룬다. 한편 언어와 감성을 견인하는 정신은 청정한 심지를 배경으로 시적 여정의 벼릿줄 역할을 한다.

여덟 번째 결실로 기록되는 박준수의 이번 시집은 40

여 년의 시린 날들을 시의 온기로 버텨 내며, 때로는 참회의 눈물로, 때로는 벅찬 가슴으로 써 온(시인의 말) 은유적 자술서다. 그 여차저차를 언어와 감성, 정신의 삼각함수로 되새겨 보고자 한다. 아래의 시 「새해 다짐」은 언어와 감성, 정신이 상호 교집합을 통해 삼위일체를 이룬다.

묵은해와 새해의 갈피 사이 폭설이 내린다
눈밭에 남겨진 승냥이 발자국을 보면서
눈에 허리가 꺾여 부러진 나무들처럼
외로운 목울음의 메아리에 귀를 댄다
지나온 삶의 흔적들은 누구에게나 쓸쓸한 것
암호처럼 해독되지 않는 문장에 걸려서
호롱불 아래 흔들리는 생각을 붙잡느라
나는 쉬이 잠들지 못하고
이 밤을 바람처럼 유랑한다
그리고 밤새
꾹꾹 눌러 참은 눈물은 고드름이 되어
계절의 처마 끝에 매달려 있다
새봄이 오면 푸른 보리밭 사이
사라진 승냥이 발자국을 따라
산 너머 멀어져 간 울음소리를 쓸어 담으며

나의 히말라야 산맥을 넘으련다

그리하여, 또 생生의 한 페이지를 시작하련다.

— 「새해 다짐」 전문

전편에 걸쳐 정치한 언어 감각과, 감성(내면 깊숙이 잠긴 울음을 정화하는)이 서로를 아우르며 서정시의 진수를 선보인다. 다시 말해 고독으로 정화한 감성이 절묘하게 시적 언어와 결탁해 고적한 시의 향연을 베푼다. 특히 아래의 구절은 서정시의 백미에 속한다.

"묵은해와 새해의 갈피 사이 폭설이 내린다"

"외로운 목울음의 메아리에 귀를 댄다"

"호롱불 아래 흔들리는 생각을 붙잡느라"

"꾹꾹 눌러 참은 눈물은 고드름이 되어/계절의 처마 끝에 매달려 있다"

"산 너머 멀어져 간 울음소리를 쓸어 담으며"

여기에서 "외로운 목울음의 메아리에 귀를 댄다"와 "꾹꾹 눌러 참은 눈물은 고드름이 되어/계절의 처마 끝에 매달려 있다"는 구절에 주목할 필요가 있다. 주어부의 감정적 침잠을 술어부의 감각적 은유가 제어해 절제를 이루고 있기 때문이다.

　　외로운 목울음 → 메아리에 귀를 댄다
　　꾹꾹 눌러 참은 눈물 → 고드름이 되어 계절의 처마
　끝에 매달려 있다

　　언어와 감성의 조화로 한결 완성도를 높인 시는 종결부에서 "산 너머 멀어져 간 울음소리를 쓸어 담으며/나의 히말라야 산맥을 넘으련다/그리하여, 또 생生의 한 페이지를 시작하련다."는 결의를 다진다. 감성과 언어의 시적 순례가 마침내 강건한 정신으로 귀결된 것이다. "산 너머 멀어져 간 울음소리"는 "히말라야 산맥을" 넘어, "또 생의 한 페이지를 시작"하는 새로운 설렘과 의지의 전주前奏로 작용한다. 이제 그의 시를 언어와 감성, 정신의 각론적 시각에서 읽어 보자.

1. 자연과 함께 수놓은 순정의 언어

　　인간과 자연이 어우러져 하나의 언어와 하나의 풍경을 이룰 때 가장 자연스러운 서정시가 탄생한다. 물론 시적 형태는 다양한 포즈를 취하지만 그 주체와 배경에서는 인간과 자연이 혼연일체의 화음을 이룬다. 서정시는 자연의 언어를 자연스럽게 받아쓰는 가장 순수한 자동기술이다. 자연에는 허공중천 너머 우주도 포함되어 있다. 시인들이 직유나 은유, 상징을 가리지 않고 자연에 빗대어 그 성정을 표현하는 것은 일반적인 현상이다. 시에서 자연과 인간은 교차해 가며 서로를 수식하는 알레고리적 공감각을 연마해 왔다.

서정시는 사람만을 다룬 시와 자연과 사람을 함께 다룬 시로 나눌 수 있다(자연만을 노래하는 경우에도 시인은 화자로 참여, 직간접적으로 그 성정을 표출한다). 전자는 가족, 이웃, 사회를 근간으로 한 인간 중심의 상호관계와 내면세계, 거기에서 파생된 정감의 표출에 집중해 왔다. 반면, 후자는 이기적 이해관계로 점철된 사회적 갈등에서 벗어나 인간과 자연이 하나의 언어로 소통하는 범신론적 세계관을 추구해 왔다.

박준수의 시는 전자와 후자가 사이좋게 동거한다. 그 중 전자의 경우에 해당하는 시에서 그는 맹자의 사단四端 중 측은지심(동료애)을 수오지심(성찰)으로 환치시킨다. 이때 그의 언어는 진솔한 리얼리티를 발휘한다.

뉘엿뉘엿 해가 기우는 언덕에

가을 나무들이 털갈이를 하듯 빛바랜 편린을 떨구고

있었다

하얀 피부를 가진 행인들 사이로

빠르게 지나가는 자동차 사이로

낡은 자전거를 끌며 오르는 노년의 남자를 보았다

오래된 시간의 덧문을 열고 나오는 사람처럼

시커멓게 세월에 그을린 그의 얼굴은

시골 농부로 논배미에서 한 생애를 보낸

외숙外叔의 선한 표정을 닮아서 순간 멈칫했다

가파른 길 중력을 잃은 낙엽처럼

힘없이 메아리치는 그 언덕에

억척스런 노동으로 기운을 소진하고

남자의 짠하게 살아온 이력이랄까,

가쁘게 지나간 추억마저 귀밑머리에 하얗게 새어

깊은 주름에 잔잔히 흐르는 노을빛이

파문처럼 내 가슴에 반사되었다.

─ 「자전거 끄는 노인」 전문

정감 어린 화자의 시선이 한 편의 사실주의적 수채화를
그리고 있다. "오래된 시간의 덧문을 열고 나오는 사람처럼/시커멓게 세월에 그을린 그의 얼굴"이 "시골 농부로 논배미에서 한 생애를 보낸/외숙外叔의 선한 표정을 닮아서 순간 멈칫했다"는 구절은 이 시의 압권으로, 예사롭지 않은 화자의 언어 감각을 돋보여준다. 이웃에 대한 따뜻한 정감이 없이는 나오기 힘든 절창이다. 다음은 인적을 떠나 자연과 자아가 혼연일체를 이루는 시인데, 하고 싶은 말을 딴짓하듯 에둘러 눙치는 특유의 언어 감각이 감칠맛을 돋운다.

여름밤 무슨 일이 일어나는지 나는 모른다
그저 잠들지 못하고 한 그루 느티나무가 되어 서 있을
뿐이다
때론 실바람이 불어와 귓속말로 소식을 전하고
때론 논가 개구리 울음소리가 어머니의 음성처럼 파
문 짓는다
어쩌다 밤 기차는 소나기처럼 내 마음을 긋고 어둠 속
에 묻히고
달빛이 도시 문명 언덕 위에 신비롭게 걸려 있다
새벽닭이 울기 전에 나는 여름밤 무슨 일이 일어나는
지 모른다
강물이 어디로 흘러가는지, 포플러 나뭇잎이 무슨 노

래를 부르는지

　누가 술에 취해 비틀거리는지, 어느 집 담벼락이 무너

져 내리는지

　그저 잠들지 못하고 휘영청 보름달을 바라볼 뿐이다.

－「여름밤」 전문

　위의 시에는 자연뿐 사람이 없다. 굳이 있다면 나, 즉 화자뿐이다. 문명이라고는 어쩌다 지나가는 기차뿐, 느티나무, 실바람, 개구리 울음, 새벽닭, 담벼락, 포플러 나뭇잎, 보름달 등 온통 자연 일색이다. 그 정경 속에서 화자는 "달빛이 도시 문명 언덕 위에 신비롭게 걸려 있다"고 문명 속의 자연을 환기시킨다. 마치 고차원의 자연 보호 캠페인 같다. 한편, 시에서는 "때론 실바람이 불어와 귓속말로 소식을 전하고/때론 논가 개구리 울음소리가 어머니의 음성처럼 파문 짓는" 등, 시종 다양한 사건이 연속해서 벌어지고 있다. 그럼에도 화자는 "여름밤 무슨 일이 일어나는지 나는 모른다"고 시치미를 뗀다. 그리고 "그저 잠들지 못하고 한 그루 느티나무가 되어 서 있을 뿐이"라는 구절로 시작해 "그저 잠들지 못하고 휘영청 보름달을 바라볼 뿐이"라는 구절로 끝맺는 등, 철저히 방관자적 포즈를 취한다. 그러나 돌이켜 보면 이는 자연에 대한 기본 예의이자 자연의 자연스러움에 자연스럽게 참여하는 방식의 일환이다.

2. 이웃과 함께 나누어 배가 되는 남도의 감성

시는 주로 진술, 묘사, 독백 형태의 표현 양식을 빌린다. 서정시 역시 크게 다르지 않다. 오히려 시의 모태이자 본류인 서정시에서 파생된 다른 장르의 시들이 이를 응용했다고 보아야 맞다. 서정시는 감성의 미학, 범우주적 사유, 자연과의 농밀한 유희를 그 특징으로 삼는다. 절제와 순화를 주조로 한 감성의 미학은 사적 취향과 언어가 문맥을 주도하는 경우에도 일반 정서에 기초한 보편성을 담보로 할 때 공감을 얻을 수 있다.

서정시에서 범우주적 사유는 리얼리즘이나 모더니즘 성향의 부정, 비판, 풍자, 상징, 형용모순의 역설에 비해 자연의 초언어적 속성, 격물치지, 현상학적 직관을 방법론으로 할 때 본연의 깊이와 넓이를 아우르게 된다.

서정시의 유희는 지고지순의 경지에서 유유자적하는 안분지족과 결을 같이한다. 모더니즘 시의 감각적 언어유희나 낭만주의 시에서 과도하게 분출하는 감정의 유희와

달리, 절제와 함축을 통해 감성을 표출하는 서정시는 자연과의 격의 없는 어울림과 내밀한 소통이 그 질료다. 부연하자면 시의 감성적 요소 중 하나인 유희성은 인간이 자연과 불가분의 호흡을 맞출 때 삶의 활력소로 기능하게 되는데, 이때 노장의 천연에 근접한 평화와 자유가 주어진다.

박준수는 남도의 집단무의식인 정한情恨을 무겁거나 어둡지 않은 색채로 표출한다. 이때 분출하는 감정을 소소한 가벼움으로 해체한 미시적 언어는 그 허허로운 자리에서 초현실적 상상의 샘물을 길어 올리는 마중물 역할을 한다. "빨랫줄에 널어둔 양말 몇 켤레"와 "읽다 만 시집 몇 권쯤 챙기면 그만인 줄 알았다"는 구절을 병치竝置해, 사소한 일상을 낭만적 미학으로 승격시키는 것이다.

이사하는 게 그냥 몸과 짐만 옮겨 가는 게 아니구나

낡은 가구와 덜컹거리는 세탁기와

읽다 만 시집 몇 권쯤 챙기면 그만인 줄 알았더니,

퀴퀴한 옷장에 갇힌 구멍 난 스웨터와 곰팡이 핀 잠바

그리고 빨랫줄에 널어둔 양말 몇 켤레

주섬주섬 담으면 그만인 줄 알았는데,

아내가 고이 모셔둔 춘란 화분 몇 개 품에 안고

관리사무소에 관리비 정산하고, 가스 밸브 잘 잠그고
나가면
그뿐일 줄 알았는데
자꾸자꾸 켕기는 게 있다, 생각나는 게 있다
새벽 잠결에 들려오는 닭 울음 소리와
하루 서른아홉 차례 지나가는 기차 소리와
철마다 바뀌는 무등산의 그림 같은 풍경과
구름 사이로 옅은 미소를 보내는 보름달의 순정을
어떻게 챙겨서 가져가야 할지
이 밤 좀처럼 잠이 오지 않는다.

– 「이사 전야(前夜)」 전문

"새벽 잠결에 들려오는 닭 울음 소리와/하루 서른아홉 차례 지나가는 기차 소리와/철마다 바뀌는 무등산의 그림 같은 풍경"을 두고 이사해야 하는 안타까운 심정이 행간마다 구구절절 읽힌다. 이를 화자는 "구름 사이로 옅은 미소를 보내는 보름달의 순정을/어떻게 챙겨서 가져가야 할지/이 밤 좀처럼 잠이 오지 않는다"는 구절로 순화하고 있다. 이를테면 추상적 낭만과 구체적 현실을 교차시켜가며, 착잡한 감성을 함축미가 돋보이는 시적 사유와 언어로 다스리고 있다. 이처럼 그의 감성은 일상의 언어를 시적 언어로 추슬러 자신만의 '감성언어'를 직조해 낸다. 이제 함축미와 결을 함께하는 감성미학의 대상은 사물에서 가족으로 이어진다.

딸이 돌아왔다
서울에서 10년간 살다가
꽃 화분 하나 들고 돌아왔다
도무지 말수가 없던 소소한 정원에
봄비가 촉촉이 내려
나는 창문을 열어두었다
가끔씩 기차가 풍금 소리를 내며 지나갔다
딸은 그 기차를 보기 위해
슈트케이스를 들고 간이역으로 가곤 했다
집에 돌아와서 슈트케이스에서
깜찍한 표정을 하고 있는
털이 희고 고운 토끼를 꺼내 놓았다
딸은 어릴 적에도 상상놀이를 좋아했다
학교도 다니지 않은 나이에 학교에 가고
스케치북을 사달라고 조르기도 하고
책가방을 메고 잠들곤 했다
지금은 학교도 다니지 않고 스케치북에 그림도 그리

지 않는다

　　대신에 꽃 화분을 들고 온다

　　그래서 적막강산이던 집안에는

　　늘 꽃향기가 흐른다.

—「딸이 돌아왔다」 전문

　이 시도 화자의 대표적 정서인 가족애가 주조를 이루는데 그 핵심 전말을 다음의 4행으로 압축할 수 있다.

　　딸이 돌아왔다

　　서울에서 10년간 살다가

　　꽃 화분 하나 들고 돌아왔다

　　적막강산이던 집안에는/늘 꽃향기가 흐른다

　21행의 짧지 않은(그렇다고 길지도 않은) 시에는 과거와 현재가 공존하며 여러 이야기가 꼬리를 물고 있다. 그런데도 수다스럽거나 지루하지 않고, 담백하게 감정을 가다듬고 시적 긴장을 이어가는 화자의 절제된 언어와 감성이 잔잔한 감동을 선물한다.

3. 결곡하면서도 명징한 시 정신

무엇인가를 담을 그릇에는 그 내용물이 빠져나갈 빈틈이 없어야 한다. 그러나 빈틈이 없는 술병도 그 입구는 비워둔다. 그리고 넘치지 않을 만큼 약간은 덜 채운다. 거기에 아무리 좋은 술을 담더라도 그득 채우면 엎질러지기 때문이다. 인체도 호흡과 배설을 위한 출입구는 비어(열려) 있어야 작동할 수 있다. 그 사실은 수레바퀴를 예로 들어 빈틈의 중요성을 역설한 노자 때부터 익히 실증되어 왔다.

그런데도 제 그릇의 용량도 모르고 마냥 채우기에만 급급한 탓에 세상이 힘들다. 흔히 인품을 이를 때 그릇의 크기를 논한다. 자기 관리나 대인관계에 있어서 얼마나 운신의 폭이 넓고 홀가분한가에 따라 그릇의 크기가 결정되기 때문이다. 홀가분하다는 것은 마음의 여백이 넓고 깊어서 그만큼 크고 많은 것들을 알차게 담을 수 있음을 뜻한다. 이는 시에서 정신이 차지하는 포괄적 지분이다. 박준수의 시에는 노장사상의 핵심인 여백의 미학이 철학적 배경을 이루는데 이는 그의 시를 깊고 넓게 독해하는 열쇠다.

바람이 흘려보낸 낙엽 한 잎

그리움 한 조각 가슴에 품고 이쯤에 닿았을까

화산이 불꽃을 일으켜 여기에 남겨둔 뜨거운 비밀 하
나

수백만 년 굽이치는 해원海原에 번지를 두고

그대를 기다려 왔으니

달빛 아득히 갯머위꽃을 피우며

파도에 쓸리는 노을 바라보며

유랑하는 갈매기에게 그대 안부를 묻네

등대 먼 길 비추이며 귀 기울이건만

쓸쓸함도 내려앉으면 고요한 수평선

빈 바람 소리에 젖은 풀잎 이울어지고

애타는 심정 산방산에 메아리치네.

-「마라도에서」 전문

"바람이 흘려보낸 낙엽 한 잎/그리움 한 조각 가슴에
품고 이쯤에 닿았을까"로 시작하는 전반부의 애잔하고 소
슬한 정조는 후반부에 이르러 파랑을 지운 호수처럼 청명
하고 잔잔하게 수습된다. "쓸쓸함도 내려앉으면 고요한
수평선"을 이루고 "빈 바람 소리에 젖은 풀잎 이울어지"
는 삼매경에 이른다. 장자의 '소요유'를 연상케 하는 여백

의 미학이 일품인데 그 저변에는 언어와 감성을 다스려
휘하에 거느리는 수행자적 정신이 깃들어 있다.

　대부분의 남도 시인이 그렇듯 남도 특유의 휴머니즘과
공동체 의식은 박준수의 시 정신을 담보하는 핵심 요소
다. 그는 어디를 가든 천상 남도의 기질과 정신문화, 감
성, 언어 감각을 감추지 못한다.

　　무등산 발아래 흐르는 출렁임이

　　진양조 가락으로 억새춤을 출 때

　　나는 긴 목을 가진 사슴처럼 유랑하리라

　　강가 물푸레나무 낙엽 진 길을 따라

　　님의 눈물 어린 마파람 맞으며

　　논배미마다 꺾인 죽창, 피 묻은 깃발을 뒤로하고

　　흙바람 속으로, 흙바람 속으로

　　진군하리라

　　텅 빈 대지 위에 드리워진 개벽 세상은

　　영산강 목마름처럼 허허롭고

　　저만치 멀어진 길은

　　늦은 계절 언덕에 핀 수국이 어여쁘다

　　말없이 떠난 까마귀 떼 다시 돌아오는 길목에 서서

　　나는 백제의 유민처럼

밤새 돋은 별을 헤아려 본다
어디쯤에 천불천탑의 꿈이 일어서고 있는지…

－「영산강 일기」 전문

무등산, 영산강, 백제는 이 시의 상징어이자 정신적 지주다. 화자는 "천불천탑의 꿈"을 되살려 동학의 개벽사상을 노래한다. 이어서 "논배미마다 꺾인 죽창, 피 묻은 깃발을 뒤로하고/흙바람 속으로, 흙바람 속으로/진군하리라"고 결기를 세운다. 동학농민군은 우금치전투에서 왜군의 신무기에 의해 처참하게 패배했지만 그 정신은 단발적 모험으로 그친 것이 아니다. 비록 당시에는 실패했지만 오늘날까지 그 정신과 이념을 면면이 계승 발전시켜 온 프랑스혁명처럼 동학의 개벽사상도 민족정신과 민주 헌법, 민주화운동의 근간을 이루어 왔다. 이를 기리는 화자는 우금치, 황토현, 황룡강, 장흥 석대의 혼을 불러내, 국토를 상징하는 "흙바람" 속의 진군가를 함께 부른다. 이때 언어와 감성은 숭고한 정신 찬가의 가사와 곡으로 각각의 소임을 다한다. 나아가 그 정신은 이웃과 국가 사회를 넘어 우주로 영역을 확장한다.

천년고찰 백양사 산문山門에 드니

푸른 신록 그늘 아래 계곡물 소리

구름 대중 아득히 밀려드네

잔칫집 마당에 형형색색 내걸린 연등

범종은 깊은 산 고요를 깨우고

주지 스님 설법에

향기로운 미소와 꽃 같은 얼굴

대웅전 부처님께 큰절 올리고

탑돌이 돌다 문득 돌아보니

여기가 극락인가

어여쁜 마음들이 회향廻向하는 시방

어머니, 아버지 환생하신 듯

연꽃처럼 환히 웃고 계시네.

– 「백양사 사월 초파일」 전문

"구름"은 "대중"으로, "연등을 밝힌 절"은 "잔칫집"으로, "연꽃"은 부모의 "환생"으로 연쇄적 상징을 이룬다. 화자는 탑돌이를 하다 "여기가 극락인가" 하고 착각을 한다. 그러나 그것은 착각이 아니라 마음먹기에 따라 이상적 현실일 수 있다. "푸른 신록 그늘 아래 계곡물 소리"를 찬가로 "어여쁜 마음들이 회향廻向하는 시방"이야말로 추상적 극락의 구체적 실상이기 때문이다.

우주 삼라만상을 하나의 협업체로 여기는 범우주적 세계관은 인간과 자연을 공동운명체로 결합시킨다. 이는 환경운동과 생태주의가 표방하는 담론의 기반이기도 하다. 자연과 인간의 일방적 분리에서 출발한 현대문명은 자연 파괴와 무분별한 자연 이용의 산물이다. 흙의 정서보다 도시 문화를 배경으로 하는 모더니즘 시는 이 부분에 주의를 기울일 필요가 있다. 인간 중심의 사회 현실을 무대로 하는 리얼리즘 시 역시 자연과의 소홀한 관계에서 예외는 아니다.

　시문학사의 오랜 전통을 주도해 온 서정시는 기본적으로 친환경적 정서가 주조를 이룬다. 따라서 대부분의 서정시는 환경운동과 본질적으로 맥을 같이한다. 예컨대, 시인이 시인이라는 자의식을 잊고 자연에 동화되어 그만큼 순수해지는 경우다. 이 부분에서 박준수는 탁월한 가치를 지닌 중견 시인이다. 새삼 강조하건대 박준수는 관심 깊게 기억해야 할 서정 시인이며, 남도 시의 소중한 자산이다. 그는 서정시의 부활을 추동해 그 중흥의 시대를 열어가는 만년 청년시인이기 때문이다.

박준수

1960년 광주에서 태어났다. 전남대 및 동 대학원을 졸업(경영학 박사)했다. 2002년 첫 시집을 내며 작품 활동을 시작했으며 시집으로 『들꽃은 변방에 핀다』 외 6권이 있다. 광주매일신문 대표이사를 역임했으며 현재 KBC광주방송 선임기자로 활동 중이다.

e-mail|pencut@hanmail.net

문학들시선 068

황금물고기를 보았네

초판1쇄 찍은 날 | 2025년 4월 10일
초판1쇄 펴낸 날 | 2025년 4월 28일

지은이 | 박준수
펴낸이 | 송광룡
펴낸곳 | 문학들
등록 | 2005년 8월 24일 제2005 1-2호
주소 | 61489 광주광역시 동구 천변우로 487(학동) 2층
전화 | 062-651-6968
팩스 | 062-651-9690
전자우편 | munhakdle@hanmail.net
블로그 | blog.naver.com/munhakdlesimmian

ⓒ 박준수 2025
ISBN 979-11-94544-10-4 03810